華仲麐 著

文心雕龍要義申說

臺灣學生書局 印行

序

陳新雄

越歲已卯，貴州華先生仲麐師壽登九秩，舍就室之珍從，效伏勝之傳經，今歲三春，余謁師於美西洛城，師出其所著《文心雕龍要義申說》一卷相貽，託覓信實書局為之出版，並囑撰寫序言。余竊思維，先生以藏山之業授余，託付之重，非推心置腹，豈能若此；而囑撰序言，則尤青眼相睞，雖蔡邕倒屣於王粲，歐公退讓於蘇仙，其顧予之厚，又曷以加焉。返臺之後，即多方接洽，得臺灣學生書局首肯，允為排印，今發行有日，因述其緣由，以請正於先生，並為天下讀斯書者告。

民國四十八年秋，余自臺灣師範大學卒業，先師林公景伊薦之於東吳大學中文系，任聲韻學講席，師恐余年少氣浮，致失期許。因邀宴同系師儒，以身垂範，協力啟導，俾承先啟後，光耀師門，不墜師學，而仲翁師在座焉。自爾以來，余於先生，即等同弟子；而先生於余，亦誨勉有加，於詩學則曰：「作詩若是近體，五言或七言，必須嚴守平仄及今體詩韻，不能任意為之。」於文章則曰：「引用古人語，不能因記憶不清，而妄加竄改，必須證以原書，若無原書，則只好割愛，萬不能易其字句。」晚歲杏壇，穢行時聞，甚有行事失檢，致身敗名裂者，先生於修身，特警之曰：「敖不可長，欲不可從，志不可滿，樂不可極。」新雄奉持惟謹，弗敢或墜。自景伊師歸道山，先生與余，書翰無缺，時達四、五紙，長篇累幅，字無間隙。輔之導之，誨之勉之，無微不至，而期許之深，尤溢乎言表也。

近歲以來，凡有習作呈閱，先生皆細心閱讀，詳為批注，而理析微芒，鞭擘入裏。嘗怪先生何術以致此也？蓋世多謂文成法立，可由心會，難以言傳，又或謂文本天成，妙手偶得，神而明之，存乎其人。若似詩文法則，毫無理路可尋。今讀先生《文心雕龍要義申說》，始知文章之基，肇端學識，學豐才富，定墨運斤，自臻其妙，而無瑕漏。先生之論文筆也，本乎四綱，以窮八體。先生之析情采也，持三準而尋六義，本二理以標六觀。先生之言徵實也，正體、立幹、結尾者，文章之全體存焉；簡字、造句、裁辭、定章、謀篇者，蓋總文章綴思、布局，章句之接附，統首尾，定予奪，合涯際，彌綸全篇者，理至精闢。蓋文章之成，積基於字，我國文字，音義與形，名雖有三，合之則一，形為方體，音皆獨立，義見於音，音附於形。原形以知音，尋音以得義，此識字之方也，亦用字之法也。夫文之成也，名之為篇，篇之定也，累積於章，章之合也，構成於句，句之造也，集基於字。故積字為句，疊句為章，累章成篇，篇有篇法，章有章法，句有句法，字有字法，篇章句字，法有成規，循規以摹，法可立得。然言之不文，則行之不遠，故先知鎔裁，而後曉繁略。作文之術，命意修辭而已。意立則辭從之而生，辭具而意緣之以顯。辭采之患，或失在略，或失在繁，略則不達，繁則多蕪。故必俟鎔裁而後可，鎔以設情，裁以鑄辭。情周不繁，辭顯不濫，斯臻文章之上乘，而得為文之規矩者矣！彥和有〈體性〉〈定勢〉之篇，體者，文章之法式；勢者，文章之風格。鎔新義，釋舊說，先生之於文，可謂覽古循今，觀照六合者矣。先生之言修養也，致虛靜而衛氣，能率情而融理，典鴻基於積學。先生曰：「虛靜二義，取文首術，內外大端。」蓋虛以納物，靜以照物，虛靜之至，心乃空靈。惟其虛靜，故能制實以致遠，惟其虛無，故能秉樞機而宰萬有也。虛靜既已納物，衛氣所以儲寶，所謂「積學以儲寶，馴致以繹辭」者是也。虛靜者，衛氣之因，率情者，衛氣之果，內既充實於心，外自情瀾不歇也。率情則質，質待義理，文質相融，情理相稱，華而有實，柔而有本。蓋情貴暢而理貴融，情不暢則理不融，理不融則辭不達矣。理之為用，介乎情辭之間，上以表情，下以馭辭，皆賴融而後通也。才情本乎天資，事義關乎學養，情顯於辭，端賴積學。蓋若積學無多，酌理不當，雖有才情，亦難成器也。先生之論批評也，朝代更迭，文有興衰，此崇替所以居首；因人衡文，異同自形，絜其優劣，褒貶生焉。凡人於文，或貴古而賤今，或崇己以抑人，或信偽而失真，千載一時，音實難知，知音難遇，此所以怊悵者也。文以行立，行以文傳，積行內滿，則文辭外發，出師之表，歸去之辭，積行既一，故窮達不易其操，此所以性行耿介而見珍於世者也。先生之言研讀詮次也，首〈序志〉以明其本旨，次上篇〈原道〉至〈正緯〉，所以索其源流也，三下篇〈神思〉至〈隱秀〉，所以鋪敍文理也，四上篇〈辨騷〉至〈書記〉，所以明取實證也，五下篇〈指瑕〉至〈物色〉，所以會其賞鑑也，六下篇〈才略〉至〈程器〉，則又所以棖觸於會賞之難遇也。先生之繹釋篇章也，每篇之前，綜拾大義，以概全篇，名為題解。分別段落，繹釋文意，是為分段。衍字佚文，糾其紕繆，是為勘訛。篇章句字，略加訓詁，是為義訓。先生之書，以此七篇，為其骨幹，首三篇則劉勰本傳、著作時代及其年譜，所以知人論事之意，最末一篇，暢敍著述動機與經過，並示其讀文心雕龍之心得也。新雄淺學，烏足以識吾師之宏博精深也哉！第以師命所在，義不敢辭，故勉強成篇，萬里緘辭，聊獻微忱，未審有當吾師尊意否也。末以詩詞各一首，證其呈閱習作之非虛也。

仲師自美寵錫長函賦此申謝

我師寵錫來遠方。洋洋灑灑紙五張。翩翩辭采情意永，如珠在手生光芒。更有一種弦外意，讀後直沁心脾芳。每年臺北春三月，相陪樽酒容侍旁。今歲未克見慈容，抑鬱盤胸緒茫茫。論詩四境難與易，淺深自得各勝場。昔我追隨林夫子，儼然威望真軒昂。細把金針相度與，同師此論張維綱。東坡汝陰訪六一，此生三過平山堂。山色有無知己少，心中豈可忘歐陽。公與六一同襟抱，見人一得皆揄揚。提攜後進勤教誨，才德存心何敢忘。明春我欲西洲去，落山磯畔時徜徉。師生相見傾樽酒，縱然一醉又何妨。遠道綿綿思無盡，賦詩瑣屑不成章。情到深時難具說，一言一字皆衷腸。

行香子　**歲暮有懷仲師用東坡綺席纔終韻**

一歲將終。思緒添濃。憶吾師韻味無窮。三杯好酒，竹葉泥封。對駢驪句，清懷語，若乘龍。　落杉磯畔，雲霧時鍾。欲明年共醉春風。喜聆教誨，似出樊籠。說心頭話，詩意趣，兩從容。

中華民國八十七年六月二十一日生陳新雄謹序於臺北鍥不舍齋

文心雕龍要義申說

華仲麐編著

目錄

❶見〈序志篇〉。
❷見〈序志篇〉。
❸見〈體性篇〉。
❹見〈序志篇〉。
❺見〈鎔裁篇〉。
❻見〈宗經篇〉。
❼見〈序志〉、〈知音〉二篇。
❽以上三節同見〈附會篇〉。
❾見〈練字篇〉。
❿見〈章句篇〉。

⑪見〈鎔裁篇〉。
⑫見〈鎔裁篇〉。
⑬見〈附會篇〉。
⑭見〈體性〉、〈定勢〉二篇，但二篇中有其義而無其詞，故以新詞代之。
⑮見〈神思〉、〈物色〉諸篇。
⑯見〈養氣〉、〈神思〉二篇。
⑰見〈養氣〉、〈物色〉、〈情采〉諸篇。
⑱見〈通變〉、〈情采〉二篇。
⑲見〈事類篇〉。
⑳見〈通變〉、〈時序〉二篇。
㉑見〈體性〉、〈才略〉二篇，輔參〈通變〉、〈時序〉二篇。

以上第十章及所屬四節按語獨闕，按因全書篇數共有五十則之多，必須與全書五十篇原文，對照閱覽，始能明其意義與作用。故於此暫闕，容待與原文合併印行，或單獨印行之。作者謹詮。

㉒見〈知音篇〉。
㉓見〈程器篇〉。
㉔見〈序志篇〉。
㉕見〈序志篇〉。
㉖上篇〈原道〉至〈正緯〉四篇。
㉗下篇〈神思〉至〈隱秀〉十五篇。
㉘上篇〈辯騷〉至〈書記〉二十一篇。
㉙下篇〈指瑕〉至〈物色〉六篇。
㉚下篇〈才略〉至〈程器〉三篇。
㉛全書研讀次序如上。

撰人生平第一

《梁書・文學傳・劉勰傳》：

劉勰字彥和，東莞莒人。祖靈真，宋司空，秀之弟也。父尚，越騎校尉。勰早孤，篤志好學，家貧不婚娶，依沙門僧祐，與之居處積十餘年，因博通經論，因區別部類，錄而序之，今定林寺經藏勰所定也。天監初，起家奉朝請，中軍臨川王宏引兼記室，遷車騎倉曹參軍，出為太末令，政有清績。除仁威南康王記室，兼東宮通事舍人，時七廟饗薦已用蔬果，而二郊農社猶有犧牲，勰乃表言二郊宜與七廟同改，詔付尚書議，依勰所陳，遷步兵校尉兼舍人如故。昭明太子好文學，深愛接之。初，勰撰《文心雕龍》五十篇，論古今文引而次之，其序曰：❶既成，不為時流所稱，勰自重其文，欲取定於沈約，約時貴盛，無由自達，乃負其書，候約出，干之車前，狀若貨鬻者，約便命取讀，大重之。謂為深得文理，常陳諸几案。然勰

❶見〈序志篇〉，不復錄。

為文長於佛理，京師寺塔及名僧碑誌必請勰製文，有敕與慧農沙門於定林寺撰經，證功畢，遂啟求出家，先燔鬢髮以自誓，敕許之。乃於寺變服，改名慧地，未期而卒，文集行於世。

《南史本傳》：

劉勰字彥和，東莞莒人也。父尚，越騎校尉。勰早孤，篤志好學，家貧，不婚娶，依沙門僧祐居，遂博通經論，因區別部類，錄而序之。定林寺經藏，勰所定也。梁天監中，兼東宮通事舍人，時七廟饗薦已用蔬果，而二郊農社猶有犧牲，勰乃表言二郊宜與七廟同改，詔付尚書議，依勰所陳。遷步兵校尉，兼舍人如故，深被昭明太子愛接。初，勰撰《文心雕龍》五十篇，論古今文體，其序略云：「余齒在逾立，嘗夜夢執丹漆之禮器，隨仲尼而南行。寤而喜曰：大哉聖人之難見也，迺小子之垂夢歟！自生靈以來，未有如夫子者也。敷讚聖旨，莫若注經，而馬鄭諸儒，弘之已精，就有深解，未足立家。唯文章之用，實經典枝條，五禮資之以成，六典因之致用。於是搦筆和墨，乃始論文。其為文用四十九篇而已。既成，未為時流所稱，勰欲取定於沈約，無由自達，乃負書候於車前，狀若貨鬻者，約取讀，大重之，謂深得文理，常陳几案。勰為文長於佛理，都下寺塔及名僧碑誌，必請勰製文。敕與慧震沙門於定林寺撰經，證功畢，遂求出家，先燔鬢髮自誓，敕許之，乃變服改名慧地云。

著作時代第二

《文心雕龍》一書，自來皆題梁劉勰著，而其著於何年，則多弗深考。予謂劉勰雖梁人，而此書之成，則不在梁時，而在南齊之末也。觀於〈時序篇〉云：「暨皇齊馭寶，運集休明，太祖以聖武膺籙，世祖以睿文纂業❶，文帝以貳離含章❷，高宗以成哲興運❸，並文明自天，緝遐❹景祚，今聖歷方興❺，文思光被云云。觀此篇所述，自唐虞至劉宋，皆但具其代名，而特於齊字之上加一皇字，其證一也。魏晉之主，稱謚號而不稱廟號，至齊之四主，唯文帝身後追尊，止稱為帝，餘皆稱祖稱宗，其證二也。歷朝君臣之文，有褒有貶，獨於齊則竭力頌美，絕無規過之

❶謹案：原文作高祖，當係世祖武帝。
❷謹案：《南史．文惠太子傳》，早卒，鬱林王立，追尊太子爲文帝，廟號世宗。
❸謹案：原文作中宗，當係高宗明帝，蓋齊代無中宗。
❹遐疑爲熙字之誤。
❺謹案：此指齊和帝，亦即書成之時，不一年而易代爲梁矣。

詞，其證三也。東昏上高宗之廟號，係永泰元年八月事，據高宗興運之語，則成書必在是月以後，梁武帝受和帝之禪位，係中興二年四月事，其間首尾相距，將及四載。所謂今聖歷方興者，雖未嘗明有所指，然以史傳核之，當是指和帝而非指東昏也。《梁書．勰傳》云：「撰《文心雕龍》既成，未為時流所稱，勰自負其書，欲取定於沈約，約時貴盛，無由自達，乃負其書，候約出，干之於車前，約便命取讀，大重之。」今考約之事於東昏候也，官司徒左長史征虜將軍南清河太守，雖品秩漸崇，而未登極要，較諸同時之貴幸，聲勢曾何足言。及其事和帝也，官驃騎司馬，遷梁台吏部尚書兼右僕射，維時梁武帝尚居藩國，而久已帝制自為，約名列府僚，而實則權侔宰輔，其委任隆重，即元勳宿將，莫敢望焉。然則約之貴盛，與勰之無由自達，皆不在東昏之時明已。且勰為東莞莒人❻，此郡僑置於京口❼，密邇建康，其少時居定林寺❽十餘年，故晚歲奉敕撰經證功，即於其地，則蹤跡常在都城可知。約自高宗朝由東陽徵還，任內職最久，其為南清河太守，亦居京口之僑郡❾，與勰之桑梓甚近，加以性好墳籍，聚書極多，若東昏時，此書業已流行，則約無由不見，其必待車前取讀，始得其書者，豈非以和帝時，書適告成，故傳播未廣哉。和帝雖受制於人，僅同守府，然天命一日未改，固儼然共主之尊，勰之颺言讚時，亦儒生職分，其不更述東昏者，蓋和帝與梁武舉義，本以取殘伐暴為名，故特從而削之，亦猶文帝之後，不敍鬱林王與海陵王，皆以其喪國失位也。東昏之亡，在和帝中興元年十二月，去禪代之期，不滿五月，勰之負書於約，當在此數月中，故終齊之世，不獲一官，而梁武天監之初，即起家奉朝請，未必非約進舉之力也。至於沈之《宋書》，成於齊世祖永明六年，而自來皆題梁沈約撰，與勰之此書事正相類，特約之〈敍傳〉，言成書年月，而勰之〈序志〉，未言成書年月，故人但知《宋書》成於齊，而不知此書亦成於齊耳。❿據劉氏此文，考彥和書成於齊和帝之世，其說甚確，茲本之以略考彥和身世，史料簡缺，聞見隘陋，徒憑推想，庶得郛郭而已。《宋書．劉秀之傳》云：「東莞莒人，世居京口，弟粹之，晉陵太守。」秀之粹之兄弟以「之」字為名，而彥和祖名靈真，殆非同父母兄弟，而同為京口人則無疑。彥和之生，當在宋明帝泰始元年前後，父尚早歿，奉母家居讀書，母歿當在二十歲左右，丁婚娶之年，其不娶者，固由家貧，亦以居喪故也。二年喪畢，正齊武帝永明五、六年。《高僧釋僧祐傳》云：「永明中，勑入吳，試簡五眾，亦宣講十誦，更伸受戒之法，凡獲信施，悉以治定林、建初及修繕諸寺，並建無遮大集

❻謹案：東莞乃西晉郡名，今山東莒縣治，東晉僑置江蘇，稱南東莞，南齊改東莞。
❼今鎮江，孫權所置。
❽在常州武進。
❾謹案：漢置清河郡於河北山東間，南朝改置江蘇淮陰，東近山東，名南清河郡，蓋南朝多僑寄之郡也。
❿取自劉毓崧〈文心雕龍書後〉。

捨身齋等，及造立經藏，抽校卷軸，使夫寺廟宏開，法音無墜，咸其功也。」彥和終喪，值僧祐宏法之時，依之而居，必在此數年中，今假設永明五、六年，彥和二十三、四歲，始來居定林寺，佐僧祐搜羅典籍，校定經藏。《僧祐傳》又云：「初祐集經藏既成，使人抄撰要事，為《三藏記》、《法苑記》、《世界記》、《釋迦譜》及《弘明集》等，皆行於世。」僧祐宣揚大教，未必能潛心著述，凡此著作，大抵皆出彥和手也。《釋超辯傳》：「以齊永明十年終於山寺，沙門僧祐為造碑墓所，東莞劉勰製文。」永和十年，彥和年未及三十，正居寺定經藏時也。假定彥和自探研釋典，以至校定經藏，撰成《三藏記》等書，費時十年，至齊明帝建武三、四年，諸功已畢，乃感夢而撰《文心雕龍》，時約三十三、四歲，正與〈序志篇〉「齒在逾立」之文合，《文心》體大思精，非倉卒而成，締構草稿，殺青寫定，如用三、四年之功而成書，適在和帝之時世，沈約貴盛時也。天監初，彥和始起家奉朝請，計自永明五、六年，至是已十五、六年，彥和之於僧祐，知己之感深矣，二公賓主久處，歡情相接，剡石城山大石佛像，僧祐於天監十二年春就功，至十五年春竟⓫。彥和為作碑銘，殘文尚載《藝文類聚》七十六。及祐於天監十七年五月卒於建初寺，弟子正度立碑頌德，亦彥和為製文，尤可謂始終其事者。天監十六年冬十月，去宗廟薦修，始用蔬果，《本傳》謂勰乃表言二郊宜與七廟同改，彥和上表當即在是冬。《本傳》云：「有敕與慧震沙門於定林寺撰經，證功畢，遂啟求出家，敕許之，乃於寺易服，改名慧地，未期而卒。」定林寺撰經，在僧祐歿後，蓋勰好搜校卷軸，自第一次校定後，增益必多，故武帝敕與慧震整之，大抵一、二年即畢功，因求出家，未期而卒，事當在梁武帝普通元一、二年間，慧皎《高僧傳》始漢明帝永平十年，終至梁天監十八年，故傳中稱東莞劉勰製文，不稱其僧名者，其時或彥和尚未出家，否則似應稱其僧名矣。彥和自宋太始初生，至普通元、二年卒，計得年五十九，當不及六十歲。所惜《本傳》簡略，文集亡逸，如此賢哲，竟不能確知其生卒，可慨也矣。⓬

⓫見《釋僧護傳》。

⓬以上參酌劉毓崧〈文心雕龍書後〉一文。

劉彥和簡譜第三

宋泰始(明帝)元、二年,彥和生於南東莞郡。❶

父尚歿,早孤,家貧,篤志好學,此後十餘年中,奉母家居讀書。

齊永明(武帝)二、三年間,彥和約二十歲。

母歿,正當婚聚之年。《本傳》云:「家貧不婚聚。」其不聚者,固因家貧,亦以居喪故也。

齊永明五、六年,彥和約二十三、四歲。

彥和終喪,始依僧祐來居定林寺❷,搜羅典籍,校定經藏。《本傳》云:「依沙門僧祐,與之居處十餘年,遂博通經論,因區別部類,錄而序之。今定林寺經

❶在今江蘇省常州。
❷在江蘇武進縣。

藏，勰所定也。」《高僧釋僧祐傳》云：「永明中，敕入吳，試簡五眾，並宣講十誦，更申受戒之法，凡獲信施，悉以治定林、建初，及修繕諸寺，並建無遮大會捨身齋等。及造立經藏，抽校卷軸，使夫寺廟宏開，法音無墜，咸其功也。」可知彥和終喪之年，適僧祐宏法之時，自此來居定林寺，從事經藏搜集研究工作，以迄齊世之終。

齊永明十年，彥和約二十八、九歲。

彥和仍居定林寺，探研釋典，製造文章，自永明五年至十五年間，成績卓著。《僧祐傳》云：「初祐集經藏既成，使人鈔傳要事，為《三藏記》、《法苑記》、《世界記》、《釋迦譜》及《弘明集》等，曾行於世。」《釋超辯傳》云：「以齊永明十年終於山寺，沙門僧祐為造碑所，東莞劉勰製文。」可知在此五六年中，彥和佐僧祐宏法宣教，探研著述之功，已規模大具矣。

齊建武（明帝）三、四年❸，彥和三十三、四歲。

自永明至建武間，彥和居寺已十四載，年齒亦由弱冠而至逾立，假定探研著述，前後需時十年❹，至此已完成行世，而學養益增深淳。乃於宏法研經之餘，憑妙悟而作《文心雕龍》。《本傳》云：「予齒在逾立，嘗夜夢執丹漆之禮器，隨仲尼而南行，寤而喜曰：『大哉聖人之難見也，迺小子之垂夢歟！自生靈以來，未有如夫子者也。』敷讚聖旨，莫若注經，而馬鄭諸儒宏之已精，就有深解，未足立家。唯文章之用，實經典之枝條，五禮因之以成，六典因之致用，於是搦筆和墨，乃始論文，其為文用，四十九篇而已。」❺以「齒在逾立」四字論之，則《文心雕龍》之創作，必開始於此時也。

齊中興（和帝）元年，彥和約三十七、八歲。

《文心雕龍》一書，深思而體大，非倉卒能成，倘構思定稿，需四、五年，即齊明帝建武三、四年，經東昏失位，正和帝元年間事，而彥和斯時，亦正三十七、八歲也。《本傳》云：「既成，未為時流所稱，勰自重其文，欲取定於沈約，約時貴盛，無由自達，干之於車前，狀若貨鬻者，約便命取讀，大重之，謂為深得文理，常陳諸几案。」據「約時貴盛，無由自達」之語考之，東昏侯之弒，在和帝中興元年十二月，去梁武禪齊，不過幾月；而沈約之事東昏侯，官不過司徒左長史征虜將軍，南清河太守，雖品秩漸隆，而未為貴盛。及事梁武，則官驃騎司馬，遷梁

---

❸〈時序篇〉誤高宗明帝爲中宗。

❹指上述三藏諸書。

❺原文當從《文心雕龍·敘志篇》爲主。

台吏部尚書，兼右僕射。時梁武雖尚居藩國，固久已帝制自為，去禪代之期，僅五閱月耳。約時雖為梁台府僚，而權勢實侔宰輔，委任之隆，莫可望焉。是約之貴盛，與勰之無由自達，必負書候約出以干之於車前者，自無足怪。而《文心雕龍》之定稿成書，負之以干沈約，其時間必在和帝中興元年之末，至次年梁武禪齊幾月間事也。

梁天監（武帝）初年，彥和約三十九或四十歲。

自齊永明五、六年，彥和依僧祐居定林寺，至此已十五、六年矣。《本傳》云：「天監初，起家奉朝請，中軍臨川王宏引兼記室，遷車騎倉曹參軍，出為太末令，政有清績，除仁威南康王記室，兼東宮通事舍人。」此即天監以後十幾年間事，迄彥和之歿，故終齊之世無官，而梁初即奉朝請者，未必非《文心雕龍》之見重於沈約，而沈約推薦之也。

梁天監十五年，彥和五十五、六歲。

《高僧傳·釋僧護傳》有剡石城上，大石佛像，僧祐於天監十二年就功，至十五年春竟，彥和為作碑銘。時彥和與僧祐相處十有餘年，兼賓主師徒之義，其情厚矣。故天監後又十餘年中，雖已出仕，而音訊過程必密，石城佛像之成，固非彥和為文不可，彥和亦樂於為之也。

梁天監十六年，彥和約五十六、七歲。

《梁書·武帝紀》：「天監十六年冬十月，去宗廟薦脩，始用蔬果。」《本傳》云：「時七廟饗薦已用蔬果，而二郊農社，猶有犧牲，勰乃表言二郊宜與七廟同改，詔付尚書議，依勰所陳。遷步兵校尉，兼舍人如故。昭明太子好文學，深愛接之。」可知此一時期，彥和官東宮通事舍人，深得昭明愛重，即於是年之冬，表言二郊改用蔬果，步兵校尉兼舍人如故。

梁天監十七年，彥和約五十七、八歲。

據《高僧釋僧祐傳》，祐於天監十七年五月，卒於建初寺，弟子正度立碑頌德，亦東莞劉勰製文。《本傳》云：「勰為文長於佛理，京師寺塔及名僧碑誌，必請勰製文。有敕與惠震沙門於定林寺撰經，證功畢，遂啟求出家，先燔鬢髮以自誓，敕許之。乃於寺變服，改名慧地，未期而卒。」考彥和自天監之初起家奉朝請，至此已歷十六、七年，文名愈大，體悟愈精，其於佛理之探求，信仰必愈深，於僧祐之感念必彌篤，而前自齊永明至梁天監初，居定林寺十餘年中所定經藏，而未證功者，必有迫切未了之願心。當天監十餘年間，所以未啟請還寺者，以有僧祐在，今僧祐既歿，立碑製文，既已始終其事，則再還定林寺整理第一次校定經藏，為及身必了之首要願力，故可能自請與慧震還寺，而梁武許之。不然，何以不在十六年或十八年，而獨在僧祐圓寂之十七年耶？暨一、二年證功畢，當在天監之末，普通之初，故乃先燔鬚髮，決然啟求出家矣。

梁天監十八年，彥和約五十八、九歲。

天監十六年冬十月，彥和表請二郊七廟饗薦同用蔬果，十七年五月，僧祐卒，即於是年奉敕還定林寺，十八年當正居寺撰經之時，猶未出家，故同時釋慧皎所作《高僧傳》，始於漢明帝永平十年，終於梁天監十八年，傳中凡出彥和手筆者，皆稱東莞劉勰製文，而不名慧地，倘彥和此時已易服出家，則慧皎《高僧傳》中，寧可缺慧地一傳乎？是知彥和尚居寺撰經，功果未完，將出家而猶未出家也。

梁普通元、二年，彥和止五十九尚不及六十歲。

準前所述，假定彥和於天監十七年與慧能沙門還定林寺撰經，需時二年功畢，正普通初年，啟請出家。《本傳》所云：「證功畢，遂啟求出家，先燔鬢髮以自誓，敕許之。乃於寺變服，改名慧地，未期而卒。」由「未期而卒」一語推之，當在梁武帝普通元、二年之間，彥和得年，止於此矣。作者仲謇敬撰。

全書綱領第四

以次本篇各節目之篇名，皆取自原書，其中亦有無其詞而有其意者。

【一】論文敍筆❶

四綱：〈序志篇〉云：「蓋文心之作也，本乎道，師乎聖，體乎經，酌乎緯，變乎騷，文之樞紐，亦云極矣。若乃論文敍筆，則囿別區分，原始以表末，釋名以章義，選文以定篇，敷理以舉統，上篇以上，綱領明矣。」茲準此分析之。

原始表末　第一綱，統〈原道〉至〈正緯〉，所以總論文章之起源。

釋名章義　第二綱，統〈辯騷〉至〈詮賦〉，所以論文類之形成。

選文定篇　第三綱，統〈頌讚〉至〈哀弔〉，所以論文類之發展。

❶前二十五篇文體論，見〈序志篇〉。

敷理舉統　第四綱，統〈史傳〉至〈書記〉，所以論筆類之分類。

八體：〈體性篇〉云：「若總其歸途，則數窮八體：一曰典雅，二曰遠奧，三曰精約，四曰顯附，五曰繁縟，六曰壯麗，七曰新奇，八曰輕靡。彥和依準四綱，概論文體，以文筆二類為界說，於是乎文章之八體生焉。大體一綱中〈原道〉至〈正緯〉之論起源，為發端總論者外；以次二綱〈辯騷〉至〈詮賦〉論文類之形成；三綱中自〈頌贊〉至〈哀弔〉，所以論文類之發展；皆沈思翰藻，抒情之文，所謂狹義文學，文類是也。四綱中〈史傳〉至〈書記〉，皆清言質說，敍事之文，所謂廣義文學，筆類是也。

茲復將前二十五篇文體論自〈辯騷〉開始，列表於次，以見彥和所列文體綱目，皆文質並重，韻散兼包，雖文筆有分，界說顯著，然不必綜緝辭采，錯比文華者，而後始得為文，以視昭明選文之狹義觀念，不既周且宏乎。〈總術篇〉論之詳矣。

文類
- ◎〈辯騷〉《詩》　軒翥詩人之後，奮飛詞家之前，故為文類之首。
- ◎〈明詩〉《詩》　詩沿上古，體備兩漢，故次於騷。
- ◎〈樂府〉《詩》　詩為樂心，聲為樂體，故次於詩。
- ◎〈詮賦〉《詩》　受命詩人，拓宇楚辭，故次於樂。
- ◎〈頌讚〉《詩》　意存褒貶，詩賦流裔，故次於賦。

- ◎〈祝盟〉《禮》告於神明，禮之大者，故次於頌讚。
- ◎〈銘箴〉《禮》銘功箴過，生人之事，故次於祝盟。
- ◎〈誄碑〉《禮》勒石述亡，死者之事，故次銘箴。
- ◎〈哀弔〉《禮》哀夭弔災，攄悲述情，故次誄碑。

文筆雜
- ◎〈雜文〉文章枝派，暇豫之末。
- ◎〈諧隱〉文筆雜出，故介其間。

筆類
- ◎〈史傳〉《春秋》史肇軒黃，體備周孔，記事載言，五經皆史，故為筆類之首。
- ◎〈諸子〉《易》鬻為文友，李實孔師，聖賢並世，經子異流，故次史傳。
- ◎〈論說〉《易》述經敍理，立意為宗，故次諸子。
- ◎〈詔策〉《書》體衍尚書，事逮述作，故次論說。
- ◎〈檄移〉《春秋》國之大事，在祀與戎，故次詔策。
- ◎〈封禪〉《禮》登岱祀天，祭之大者，故次檄移。
- ◎〈章表〉《書》

◎〈奏啟〉《書》　章表奏議，經國之文，事有輕重，故相次第。
◎〈議對〉《書》
◎〈書記〉《書》　書記廣大，衣被庶事，故次於末。

準乎上表，可知彥和論文，於文章發展過程中，以情事為基礎，文筆並重，韻散兼收，蓋演進趨勢有不得不然者，其於〈總術篇〉有云：「今人常言，有文有筆，以爲無韻者筆也，有韻者文也。夫文以足言，理兼《詩》《書》，別目兩名，自近代耳。」夫文以足言，故理兼乎《詩》《書》，溯厥從來，淵源有自，而皆出於五經；〈宗經篇〉云：「論說辭序，則《易》統其首；詔策章奏，則《書》發其源；賦頌歌贊（樂府），則《詩》立其本；銘誄箴祝，則《禮》總其端；記傳盟❷檄，則《春秋》爲其根。並窮高以樹表，極遠以啟疆，所以百家騰躍，終入環內者也。」《顏氏家訓．文章篇》亦有說云：「夫文章者，源出五經，詔命策檄，生於《書》者也；序述論議，生於《易》者也；歌詠賦頌，生於《詩》者也；祭祀哀誄，生於禮者也；書奏箴銘，生於《春秋》者也。」二家先後之論，皆各有所取。蘄春黃先生復論之曰：「論說辭序，則《易》統其首，謂〈繫辭〉、〈說卦〉、〈序卦〉諸篇，爲此數體之原也。尋其實質，此類皆論理之文。詔策章奏，則《書》發其源，謂《書》之說言，非上告下，則下告上也。尋其實質，此類皆論事之文。賦頌歌贊，則《詩》立其本，謂《詩》爲韻文之總匯。尋其實質，此類皆敷情之文。銘誄箴祝，則《禮》總其端，此亦韻文，但以行禮所用，故爲《禮》。記傳檄移，則《春秋》爲根，記傳乃記事之文，移檄亦論事之文耳。」故〈宗經〉結論曰：「若稟經以製式，酌雅以富言，是邱山而鑄銅，煮海而爲鹽也。」此就其法式而言也。「文能宗經，體有六義。」此就其效用而言也。彥和文理「三準」之論，已寓存其中，而內函情事，外表文筆之分，亦盡乎宗經之效矣。故文章溯源於五經之論，其說自彥和始。後世如北朝顏之推、清代章學誠、曾國藩之理論與觀念，皆承流而揚波者也。茲復就前表所示文筆韻散之分，加以分類統計，以見彥和文體論定篇之意義焉。

【甲】文類（韻文）——以〈辨騷〉為首，立專篇者九篇十四種外，雜文篇中附述者二類（七與連珠），又同篇名而不論者，凡典、誥、誓、問、覽、略、篇、章、曲、操、弄、引、吟、諷、謠、詠等十六項，其間文筆雜出，如典、誥、誓、問、覽、略當屬筆類，然文多於筆。

【乙】筆類（散文）——以〈史傳〉為首，立專篇者十篇外，其於〈書記篇〉中舉名而略述者，如譜、籍、簿、錄，則總領黎庶之文；方、術、占、試，則醫、

❷盟或移之譌。

曆、星、筮之文；律、令、法、制，則申憲述兵之文；符、契、券、疏，則朝市徵信之文；關、刺、解、諜，則百官詣事之文；狀、列、辭、諺，則萬民達志之文；綜而計之，凡二十四種。所謂「述理於心，著言於翰，雖藝文之末品，亦政事之先務也。」故筆重於文。

【丙】文筆雜（韻散兼）──〈雜文〉十四、〈諧隱〉十五兩篇，由上表說明介乎文筆二類之間，而前者多屬韻文，後者多屬散文。足見彥和思想之靡密，條理之清晰，脈絡貫通，包延廣大，實曠代僅見之。

【二】剖情析采❸

(1)三準：〈序志篇〉云：「至於剖情析采，籠圈條貫，摛神性，圖風勢，包會通，閱聲字，崇替於〈時序〉，褒貶於〈才略〉，怊悵於〈知音〉，耿介於〈程器〉，長懷〈序志〉，以馭群篇；下篇以下，毛目顯矣。位理定名，彰乎大《易》之數，其爲文用，四十九篇而已。」〈鎔裁篇〉云：「凡思緒初發，辭采苦雜，心非權衡，勢必輕重；是以草創鴻筆，先標三準；展端於始，則設情以位體，舉正於中，則酌事以取類，歸餘於終，則撮辭以舉要。然後舒華布實，獻替節文，繩墨以外，美材既斲，故能首尾四合，條貫統序。若術不庶定，而委心逐辭，異端叢至，駢贅必多。」

(2)六義：基乎文理之三準，即得文體之六義。〈宗經篇〉云：「故文能宗經，體有六義，一則情深而不詭，二則風清而不雜，三則事信而不誕，四則義直而不回，五則體約而不蕪，六則文麗而不淫。」

作者案：所謂三準、六義者，蓋文章要素，不外情思、事義、辭采三事，緣三事以生六利，固亦有先後輕重之分。情屬風，所以搖盪性靈，事屬骨，所以樹立結構，辭屬聲采，所以發皇耳目，情思不能運事義，則風骨不飛，事義不能表情思，則振采失鮮，負聲無力；故三準不備，則六利轉成六弊，情事相違，則辭采不過浮辭濫采而已。其相輔輕重之間，固顯然矣。彥和三準、六義之論，蓋緣宗經、徵聖而來；孔子贊《易》曰：「書不盡言，言不盡意。」美子產曰：「言以足志，文以足言。」孟子論《詩》曰：「不以文害辭，不以辭害志。」《莊子．天道篇》有貴書貴語貴意之文。揚雄《法言》有「言不能達心，書不能達言」之語。夫意也、志也、心也，互文可通，言、語、文、辭、書分合而無擇；如「宣意」、「明志」、「心意」、「意志」之屬，雖分合而意無不同。「多文」、「言辭」、「文書」之屬，因分合而義有差別。可知孔子之意、言、書，孟子之志、辭、文，莊周之意、

❸後二十四篇文理論見〈序志篇〉。

語、書，子雲之心、言、書，即為彥和三準情、事、辭之所依據。是則意志者，一準設情也；言辭者，二準酌事也；文書者，三準撮辭也。而六義之情深風清，則意志之事也，事信義直，言辭之事也❹，體約文麗，文書❺之事也。由是以觀彥和三準，六義之說，誠如所云：「必以情志爲神明，事義爲骨髓，辭采爲肌膚，宮商爲聲氣。」蓋辭切事要則事顯，事與情類則情明；固已楷模經典，默契聖心，其旨約而豐，其事近而遠，不僅為文理之標準，抑且盡文體之精微，持此理以馭眾篇，則文之樞紐，亦云極矣。試復圖解於下：

設情　情深而不詭
風清而不雜　履端於始，位體立幹。

一準審意義：喻文之情，得文之風，所以宣達思理，綱維全局，統〈神思〉至〈定勢〉二十六至三十篇。約為文理總略。

酌事　事信而不誕
義直而不回　舉正於中，取類合用。

二準酌事義：喻文之理，得文之骨，所以折中群言，俟解百世，統〈情采〉至〈麗辭〉三十一至三十五篇。約為文章法則。

撮辭　體約而不蕪
文麗而不淫　歸餘於終，撮辭切要。

三準策辭句：喻文之辭，得文聲采，所以芟夷蕪薉，翦裁浮辭，統〈比興〉至〈隱秀〉，三十六至四十篇。約為修辭方法。

(3)二理與六觀：〈序志篇〉云：「詮序一文爲易，彌綸群言爲難，雖復深采毛髮，深極骨髓，或有曲意密源，似近而遠，辭所不載，亦不勝數矣。及其品列成文，有同乎舊談者，非雷同也，勢自不可異也。有異乎前論者，非苟異也，理自不可同也。同之與異，不屑古今，擘肌分理，惟務折衷；按轡文雅之場，環絡藻繪之府，亦幾乎備矣。」〈知音篇〉云：「凡操千曲而後曉聲，觀千劍而後識器，故圓照之象，務先博觀，閱喬岳以形培塿❻，酌滄波以喻畎澮，無私於輕重，不偏於愛憎，然後平理若衡，照詞若鏡矣。是以將閱文情，先標六觀：一觀『位體』，二觀『置詞』，三觀『通變』，四觀『奇正』，五觀『事義』，六觀『宮商』，斯術既形，則優劣見矣。」

作者按：彥和文體文理之基本理論，既已盡乎四綱、三準，前四十篇之中，此

❹辭爲說事之言。
❺事著曰書。
❻塿，小阜也。

則辭所不載，蓋難勝數者，發為餘緒，歸結全書，以為創作家之準繩，批評家之鑑戒也。罄所謂二理云者，銓序與彌綸也❼，品藻一隅，是為銓序，故易；鑒昭全局，是謂彌綸，故難。倘或學識宏通，態度公正，知銓序之局限，捨主觀欣賞，不足以言批評，而必以六種客觀標準出之，則六觀既形，二理斯得。不難平理若衡，照詞若鏡矣。夫六觀之論，既已散見於三準各篇中，略而言之，如〈體性〉、〈風骨〉之論位體，以觀文章體製是否與情事相切合；〈章句〉、〈練字〉之論置詞，以觀文章置詞遣字之是否允當；〈通變〉、〈鎔裁〉之論通變，以觀文章常道變體之通則；〈定勢〉、〈夸飾〉之論奇正，以觀文章莊諧虛實之當否事理；〈比興〉、〈事類〉之論事義，以觀文章幽情顯事之是否相稱；〈情采〉、〈聲律〉之論宮商，以觀文章辭采聲律之是否調暢；其餘散見不一，自難規限，然後提絜綱維，指陳樞要，六觀之用，固已賅乎三準之中矣。又復綜合前旨，鄭重丁寧，糾彈於〈指瑕〉❽，疏瀹於〈養氣〉❾，銓表於〈附會〉❿，推訂於〈總術〉⓫，陟降於〈時序〉⓬，融會於〈物色〉⓭，褒貶於〈才略〉⓮，怊悵於〈知音〉⓯，耿介於〈程器〉⓰，長懷〈序志〉，以馭群篇，則全書之弁言也。故自〈指瑕〉至〈程器〉，四十一篇至四十九篇，乃本六觀概論文學之欣賞與批評，而〈序志〉一篇則指陳義例，總攝群言，以為全書之冠冕也。茲將後二十五篇之組織系統，表之如下，以證前言。

神思								
性								體
骨								風
通變								
定勢								
采								情
裁								鎔
夸飾			章句			聲律		
麗辭								比興
隱秀			練字			事類		
程器	知音	才略	物色	時序	總術	附會	養氣	指瑕
序志								

❼見〈序志篇〉。

❽泛論瑕疵，以申文戒。

❾申〈神思〉秉心養術未盡之旨。

❿義參黃先生之《札記》。

⓫思理有恒，體製有定，文筆有分，理術無二，故可推理訂術而得之。

⓬十代文風九變之跡，參〈通變〉、〈才略〉讀之。

⓭申〈神思〉情境交感，物我隻會之理，宜次〈比興篇〉。

⓮評陟九代作家，與〈時序〉相輔。

⓯知音非難，深識爲難。

⓰文行並重，器識爲先，亦文心所由作耳。

由上觀之，可知彥和思想之新穎靡密，清晰宏大；全書二部，於「四綱」、「三準」、「二理」、「六觀」之中，所包備至，既如上述。故〈體性篇〉云：「總其歸途，故窮八體。」後世之論文事者，固未嘗越此範圍之中，其中或有以隱秀為儁品，蓋〈體性篇〉既云：「數窮八體。」而又復立〈隱秀〉專篇，況又與八體中「遠奧」相似，未免有畫蛇添足之敝，文字亦有可疑，次序亦容有可商榷之處，此皆存而不論可也。

文理徵實第五

【一】正體

（見〈附會〉、〈風骨〉二篇之論正體，有其義而無其辭。）

〈附會篇〉云：「何謂附會，謂總文理，統首尾，定予奪，合涯際，彌綸一篇，使雜而不越者也。若築室之須基構，裁衣之待縫緝矣。夫才量學文❶，宜正體製，必以情志爲神明，事義爲骨髓，辭采爲肌膚，宮商爲聲氣，然後品藻元黃，摛振金玉，獻可替否，以裁厥中，斯綴思之恆教也。」〈風骨篇〉云：「若夫鎔鑄經典之範，翔集子史之術，洞曉情變，曲昭文體，然後能孚甲新意，雕畫奇辭。昭體，故意新而不亂，曉變，故辭奇而不黷。若骨采未圓，風辭未練，而跨略舊規，馳騖新作，雖獲巧意，危敗必多，豈空結奇字，紕繆而成經矣❷。《周書》云：

---

❶量一作最，又疑作優，謂當爲量才傳寫倒置之誤。

❷矣當作乎。

『辭當體要，弗惟好異。』蓋防文濫也。」

【二】立幹

（〈附會篇〉之論立幹，亦有義無辭。）

〈附會篇〉云：「凡大體文章，類多枝派，整派者依源，理枝者循幹，是以附辭會意，務總綱領，驅萬塗於同歸，貞百慮於一致，使衆理雖繁，而無倒置之乖，群言雖多，而無棼絲之亂，扶揚而出條，順陰而藏跡❸，首尾周密，表裏一體，此附會之術也。夫畫者謹髮而易貌❹，射者儀毫而失牆❺。銳精細巧，必疏體統。故宜詘寸而信尺，枉尺以直尋，棄偏善之巧，學具美之績，此命篇之經略也。」

【三】結尾

（見〈附會篇〉參閱按語所舉各篇。）

〈附會篇〉云：「若夫絕筆斷章，譬乘舟之振楫；會詞切理，如引轡而揮鞭，克終底績，寄深寫遠❻，若首唱榮華，而媵尾憔悴，則遺勢鬱湮，餘風不暢，此《周易》所謂：『臀無膚，其行次且❼』也。

作者按：正體、立幹與結尾，文章之全體存焉，扶陽順陰，會意附辭，斯為尚矣，蓋百義所以申一義，眾辭所以成全篇，辭亂則失序，義棼則乖節，文成緒統，司契在心，所貴乎理與識耳。故曰：「懸識湊理，節文自會，善附者，異旨如肝膽；拙會者，同音如胡越。」與〈神思篇〉之「含章司契，不必勞情。」〈風骨篇〉之「洞曉情變，曲昭文體。」先後實相穿合。黃先生曰：「〈鎔裁篇〉但言定術，至於術定以後，用何道以聯屬眾詞，則未暇晰言也。〈章句篇〉致意安章，至於章安以還，用何理以斟量乖順，亦未申說也。二者各有『首尾圓合』、『首尾一體』之言，又有『綱領昭暢』、『內義脈注』之論，而總文理定首尾之術，必宜更有專篇以備言之，此〈附會篇〉所以作也。此附會者，總命意修詞爲一貫，而兼草創討論修飾潤色之功也。」又云：「若夫浮詞炫博，虛響取神，隸事於失倫之所，竄句於無用之地，雕鑴數語，而於篇義無關，修飾一字，而於句義罔益，雖勞苦之情，或倍蓰於恆俗，其於附會蓋無與焉。」審斯名言，參〈神思〉、〈風骨〉、

❸扶陽順陰者，謂文義之顯與隱也。
❹易疑作遺。
❺儀，望也。依下文，此二句當爲重小失大之意，非大小各得其宜之謂乎！
❻遠亦作送，不可改。
❼夬卦爻辭。

〈鎔裁〉、〈章句〉讀之，為文之理論與實際備矣。

【四】簡字

（見〈練字篇〉，參閱按語中黃先生之言。）

〈練字篇〉云：「夫文象列而結繩移，鳥跡明而書契作，斯乃言語之體貌，而文章之宅宇也。……夫《爾雅》者，孔徒之所撰，《倉頡》者，李斯之所輯，而鳥籀之遺體也。雅以淵源詁訓，頡以苑囿奇文，異體相資，如左右肩股，賅舊而不知新，亦可以屬文。若夫義訓古今，興廢殊用，字形單複，妍媸異體，心既託事於言，言亦寄形於字，諷誦則績在宮商，臨文則能歸字形矣。」

作者按：蘄春黃先生言曰：「文者集字而成，求文之工，必也先求字之不妄。言練字者，謂委悉精熟於衆字之義，而能簡擇之也。其篇之亂曰：『依義棄奇』，此又文家所宜奉以周旋者也。」夫妙句必須妙字，佳篇胥賴佳章，振本而末從，非精熟於眾字之義，烏能盡簡擇之功哉！然而文從字順，貴在曉人，倘或字學淺疏，徒事尋檢，固不足道，亦或是古非今，慕難賤易，崇雅卻俗，超奇厭常，以矜奇炫博者，亦過其直。黃先生論之曰：「愚謂文體有文質，文用有高卑，其爲質言，無論記事言理，必當考核名義，求其諦實，古所有而當，遵之可也。古之所無無，今撰可也。一篇之中，字無歧出，前所已見，後宜盡同，觀於浮圖談經，其德業諸名，以及動靜狀助諸字，皆有恒律，又觀正史記事，大抵本於官府成書，萌俗通語，漓質趨文，大雅所笑，今之記事言理者，必當其利病，然後可與言文，否則研弄聲調，塗飾華采，雖復工巧，等於玉卮無當而已。」又曰：「然自小學衰微，則文章瘠削，今欲明其練字之術，以馭文質諸體，上之宜明正名之學，下亦宜略知《說文》、《爾雅》之書，然後從古從今，略無蔽固，依人自撰，皆有權衡，釐正文體，不致陷於鹵莽，傳譯外籍，不致失其本來，由此可知練字之功，在文家爲首要，非若鍛句煉字之徒，苟以矜奇炫博爲能也。」斯論明辨通達，其於彥和諟正文字之議，可謂闡發無遺，豈若鍛煉矜炫之徒，以一知當百用，沾沾然驚淺駭俗者，所能夢想之哉！❽

【五】造句

（見〈章句篇〉。）

〈章句篇〉云：「夫人之立言，因字而生句，積句而成章，積章而成篇，篇之彪炳，章無疵也；章之明靡，句無玷也；句之清英，字不妄也；振本而末從，知一

❽參〈章句〉、〈麗辭〉、〈指瑕〉、〈物色〉諸篇讀之。

而畢萬矣。」又云：「若夫筆句無常，而字有條數，四字密而不促，六字格❾而非緩，或變之以三五，蓋應機之權節也。」

作者按：句者局也❿，章者明也⓫，論者遍也⓬，積字成句，積句成章，積章成篇，字句者，音節之矩；篇章者，神理之符。前則聯字以分疆，後則總義以包體，雖區畛有異，而衢路相通，故曰：振本末從，知一萬畢。彥和於安章宅句之論，基乎篇之大小，調之緩急，相待為用，莫見定準。所貴乎言之有序，非可以一法拘，一理喻也。至若句中字數，雖無一定，大約以四字六字為適中，蓋七字以上太緩，三字以下太促，惟四六居中，上而為二三，下而為五七，但適其聲氣，應乎情調，循體以成勢，隨變而立功，非拘執於四六者也。故曰：「**裁文匠筆，篇有小大；離章合句，調有緩急；隨變適會，莫見定準**」也。臨文者抒軸寸心，自然靈妙矣。黃先生於章句之篇分九章，論之綦詳，學者可虔心研誦，兼參〈鎔裁〉讀之。

【六】裁辭

（見〈鎔裁篇〉。）

〈鎔裁篇〉云：「情理設位，文采行乎其中，剛柔以立本，通變以趨時，立本有體，意或偏長，趨時無方，辭或繁雜，蹊要所司，職在鎔裁，總括情理，矯揉文采也。規範本體謂之鎔，剪截浮詞謂之裁，裁則蕪穢不生，鎔則綱領昭暢，譬繩墨之審分，斧斤之斵削矣。駢拇枝指，由侈於性，附贅懸疣，實侈於形，二意兩出⓭，義之駢枝也。同辭重句，文之疣贅也。」又云：「故三準既定，次討字句，句有可削，足見其疏，字不得減，乃知其密。精論要語，極略之體，游心竄句，極繁之體，謂繁與略，適分所好⓮。引而伸之，則兩句敷爲一章；約以貫之，則一章刪成兩句。思贍者善敷，才覈者善刪。善刪者，字去而意留；善敷者，辭敷而意顯。字刪而意闕，則短乏而非覈；辭敷而言重，則蕪穢而非贍。」

黃先生曰：「作文之術，誠非一二言能盡，然絜其綱維，不外命意修辭二者而已。意立而詞從之以生，詞具而意緣之以顯，二者相倚，不可或輕，意之患二：曰雜，曰竭；竭者不能自宣，雜者無復統序，辭之患二：曰枯，曰繁；枯者不能求達，繁者徒逐浮蕪。枯竭之弊，宜納之於鎔裁，尋鎔裁之義，前譬於範金製服，範金有齊⓯，齊失則器不精良，製服有制，制謬則衣難被御。洵令多寡得宜，修短合

❾黃先生曰：「格爲裕之誤，可從。」
❿《說文》：「曲也。」
⓫《說文》：「樂竟爲一章。」
⓬出情鋪事，明而遍者也。
⓭二應作一。
⓮隨一作適。
⓯齊，限也。

度，酌中以立體，循實以敷文，斯鎔裁之要術也。然命意修辭，皆本自然以爲質，必知駢拇懸疣，誠爲形累，鳧脛鶴膝，亦由性生，意多者，未必盡可訾謷⑯；詞衆者，未必盡堪刪剟⑰。惟意多而雜，詞衆而蕪，庶將加以鑪錘，加以剪裁耳。」

作者按：彥和既標三準，以為文章本體之規範矣。辭乃三準之末，而於〈鎔裁〉之篇，論之綦詳。蓋鍼砭晉宋以來篇章繁冗之弊，以防文濫也。所謂「練鎔裁而曉繁略」者，繁略二字，乃統三準而為言，非獨撮辭一端，特主辭貴乎裁耳。夫文以情事為根幹，詞采為枝葉，詞以述事，事以表情，鎔以治情，裁以治詞，詞之繁略，視其能否述事，事之繁略，視其能否表情，繁雜枯竭，皆為文病。倘能繁而不濫，略而不枯，較之鬱結空簡，枯槁徒略者之為有得哉！必也「情周而不繁，詞運而不濫」，斯臻文章上乘，若徒簡略是尚，致失體性自然之美，殆非彥和裁詞之本意矣。⑱

【七】定章

(見〈章句篇〉及〈鎔裁篇〉。)

〈章句篇〉云：「夫裁文匠筆，篇有小大；離章合句，調有緩急。隨變適會，莫見定準，句司數字，待相接以爲用，章總一義，須意窮而成體。其控引情理，送迎際會，譬舞容迴環，而有綴兆之位，歌聲靡曼，而有抗墜之節也⑲。」綴謂舞者行列相連綴，兆謂位外之營兆。又：「歌者上如抗，下如綴，曲如折，止如槁木。尋詩人擬喻，雖斷章取義，然章句在篇，如繭之抽緒，原始要終，體必鱗次，啟行之辭，逆⑳萌中篇之意，絶筆之言，追媵前言之旨；故能外文綺交，內義脈注，跗萼相銜，首尾一體㉑。若辭失其朋，則羈旅而無友，事乖其次，則飄寓而不安。是以搜句忌於顛倒，裁章貴於順序，斯固情趣之指歸，文筆之同致。」

作者按：積二字以上為句，連二句以上成章，篇之組織，胥首辨章句間相待相接為用之理，小而文詞之工巧，大而學術之辨章，未有能逾乎章句之外者也。茲姑就文辭之分章斷句言之，大抵句忌顛倒，章貴順序，辭惡詭訛，理避矛盾，一篇之中，建首必思下詞，陳末必尋前意，舉中必求先後貫通。如此則敍事曉暢，說理清明，述情條達，如跗萼之相銜，如首尾之一體，故云外文綺交，內義脈注也。㉒

⑯訾謷，詆毀也。
⑰剟，割也。
⑱參〈風骨篇〉讀之。
⑲〈樂記〉：「屈伸俯仰，綴兆舒疾，樂之文也。」
⑳逆，迎也。見《說文》。
㉑《釋名》：「跗，下腿骨；鄂，額也。故云首尾。」
㉒參〈鎔裁〉、〈附會〉諸篇及黃先生《札記》讀之。

【八】謀篇

（見〈附會篇〉。）

〈附會篇〉云：「夫文變多方，意見浮雜，約則意孤，博則辭叛，率故多尤，需爲事賊。或尺接而寸附，然通製者蓋寡，接附者甚衆，若統緒失宗，辭味必亂，義脈不流，則偏枯文體。夫能懸識湊理，然後節文自會，如膠之黏木，豆之合黃矣㉓。是以四牡異力，而六轡如琴；並駕齊驅，而一轂統輻，馭文之法，有似於此。去留隨心，修短在手，齊其步驟，總轡而已。」

黃先生曰：「大抵著文裁篇，必有所詮表之一意㉔，約之爲一句，引之爲一章，長短之形有殊，而所詮之一意則不異，造次出辭，精微談理，高下之等不殊，而皆求一所詮則不異。異字以成句，累句以成章，繁簡之狀有殊，而累衆意以詮一意則不異。」又曰：「總上所言，可成六義，章句長短，必有所詮，所詮必一，一也。凡一所詮，待衆所詮，二也。此衆所詮，對一所詮爲兩端，三也。思有恒數，苟知致一，則衆義部次，不憂淩雜，四也。文有定法，曉術者易成，五也。雖有定理，而無定式，循理爲之，必無敗績之患，六也。」

作者按：彥和謀篇之論，蓋總文章綴思、布局、章句接附之理，如何統首尾，定予奪，合涯際，以彌綸全篇，論至精闢。黃先生復加詮釋，可謂至矣盡矣。奚俟乎繁言也哉！夫為文謀篇之道，不外乎意辭二義之審度而已。百義所以中一意，眾辭所以成全篇，辭散不接，則繁亂而失統，意雜不會，則紛黯而乖節，率爾之約，故多尤悔，需疑之博，亦為文賊。必也總絜綱領，彌綸全局，明體以達勢，懸識以湊理，雖才思各異，篇無定謀，理得而事明，心敏而辭當，理事不明，則詞旨失調，寧非厥中之口數，豈曰小補之哉！

【九】法式與風格

（見〈體性〉、〈定勢〉二篇，但皆有其意而無其辭，故以新詞代之。）

〈體性篇〉云：「典雅者，鎔式經誥，方軌儒門者也。遠奧者，馥采典文，經理元宗者也。顯附者，辭直義暢，切理厭心者也。繁縟者，博喻釀采，煒燁枝派者也。壯麗者，高論宏裁，卓爍異采者也。新奇者，擯古競今，危側趣詭者也。輕靡者，浮文弱植，縹緲附俗者也。故雅與奇反，奧與顯殊，繁與約舛，壯與輕乖，文辭根葉，苑囿其中矣。」

〈定勢篇〉云：「夫情致異區，文變殊術，莫不因情立體，即體成勢也。勢

㉓黃先生改合爲白，《御覽》豆作石，黃作玉，當以黃氏據《呂覽》文爲正。

㉔《說文》：「詮、具也。」具說之事理。

者，乘利而爲制也；如機發矢直，澗曲湍迴，自然之趣也。圓者規體，其勢也自轉，方者矩形，其勢也自安。文章體勢，如斯而已。是以校經爲式者，自入典雅之懿，效騷命篇者，必歸豔逸之華。綜意淺切者，類乏醞藉，斷辭辨約者，率乖繁縟，譬激水不漪㉕，槁木無陰，自然之勢也。」

又曰：「是以括囊雜體，功在銓別，宮商朱紫，隨勢各配㉖，章表奏議，則準的乎典雅，賦頌歌詩，則羽儀乎清麗，符檄書移，則楷式於明斷，史論序注，則師範於覈要，箴銘碑誄，則體制於宏深，連珠七辭，則從事於巧豔，此循體而成勢，隨變而立功者也。」

黃先生論體性之要言曰：「體斥文章形狀，性謂人性氣之殊，而所爲之文異狀，然性由天定，亦可以人力輔助之，是故慎於所習，此篇大旨在斯。中間較論前世文士情性，皆細覘其文辭而得之，非同影響之論。」又云：「彥和之意，八體并陳，文狀不同，而皆能成體，了無輕重之見存於其間。下文云：『雅與奇反，奧與顯殊，繁與約舛，壯與輕乖。』然此處文例，未嘗依其次第，故知塗轍雖異，樞機實同。略舉畛封，本無軒輊也。」又云：「八體屢遷，此語甚爲明劃，人之爲文，難具一體，非謂工於典雅者，遂不能爲新奇，能爲精約者，遂不能爲繁縟。下文云：『八體雖殊，會通合數，得其環中，則輻輳相成。』此則探本之談，通變之術，異夫膠柱鍥舟之見者矣。」

黃先生論定勢之要言曰：「因情立體，即體成勢，明勢不自成，隨體而成也。中之曰：『機發矢直，澗曲湍迴，自然之趣；』『激水不漪，槁木無陰，自然之勢。』明體以定勢，離體立勢，雖玄宰哲匠有所不能也。又曰：『循體成勢，隨變立功。』明文勢無定，不可執一也。舉桓譚以下諸子之言，明拘固者之有所謝短也。終譏近代辭人以效奇取勢，明文勢隨體變遷，苟以效奇爲能，是使體束於勢，勢雖若奇，而體因之弊，不可爲訓也。贊曰：『形生勢成，始末相承。』明物不能有末而無本，凡若此者，一言蔽之曰：體勢相須而已。」

作者按：彥和於〈體性〉之篇，曰體式，曰摹體；於〈定勢〉之篇，曰模式。予謂體者，文章之法式，勢者，文章之風格，而性者則人之才氣與天資也。故「摹體定習，因性練才」者，蓋言法式以定風格，即〈體性篇〉鎔式經誥之論。「循體成勢，隨變立功」者，蓋言風格以馭法式，即〈定勢篇〉準的典雅之言。是知體性相兼，互為表裏，倘或離體求勢，捨法式以言風格，雖玄宰哲匠，亦有所不能矣。至若才氣本乎天資，然學習亦可相輔。故云：「才有天資，學慎始習。」「模經為式者，自入典雅之懿；效騷命篇者，必歸豔逸之華。」更足證風格之養成，固不出

㉕微波錦文也。

㉖意謂衡體別勢，以配聲采。

法式摹練之功，性雖異而可共宗者也。諺云：「取法乎上，僅得乎中，取法乎中，僅得乎下。」蓋體無輕重，勢各有宜，性非可移，學則由人，文章徵實，是為定論。宜合曹子桓〈典論論文〉，陸士衡〈文賦〉，與〈體性〉、〈定勢〉兩篇讀之。

文術修養第六

【一】虛靜

（見〈神思〉、〈物色〉等篇。）

〈神思篇〉云：「故思理爲妙，神與物遊，神居胸臆，而志氣統其關鍵，物沿耳目，而辭令管其樞機，樞機方通，則物無隱貌，關鍵將塞，則神有遯心，是以陶鈞文思，貴在虛靜，疏瀹五臟，澡雪精神，積學以儲寶，酌理以富才，研閱以窮照，馴致以繹辭，然後使玄解之宰，尋聲律而定墨，獨照之匠，闚意象而運斤，此蓋馭文之首術，謀篇之大端。」

〈物色篇〉云：「若夫珪璋挺其惠心，英華秀其清氣，物色相召，人誰獲安？是以獻歲發春，悅豫之情暢，滔滔孟夏，鬱陶之心凝；天高氣清，陰沉之志遠，霰雪無垠，矜肅之慮深，歲有其物，物有其容，情以物遷，辭以情發，一葉且或迎意，蟲聲有足引心，況清風與明月同夜，白日與春林共朝哉！」

黃先生曰：「神與物遊，此言內心與外境相接也，內心與外境，非能一往相符，會當其窒塞，則耳目之近，神有不周，及其怡懌，則八極之外，理無不浹，然則以心求境，境足以役心，取境赴心，心難於照境，必令心境相得，互相交融，斯則成連所以移情，庖丁所以滿志也。」又云：「文章之事，適令萬狀相攘，故爲文之術，首在治心，遲速縱殊，而心未嘗不靜，大小或異，而氣未嘗不虛。故璇璣以運大象，處戶牖而得天倪，惟虛與靜之故也。」

作者按：彥和於文術修道之道，首標虛、靜二義，以為取文首術，謀篇大端；蓋即內心外境，心物交融之理，兩儀三才，相參為用之符，此〈原道〉開宗明義之篇，所謂文之為德與天地並生者也。曰性靈，曰神理，曰日月麗天，曰山川鋪地，曰雲霞雕色，曰草木賁華，一言蔽之，人文精神與自然現象而已。前之言人類心靈，後之言自然境界，心主乎內，則志氣統其關鍵，物沿乎外，則詞令管其樞機。詞令者，興發之器，志氣者，感歎之符；然而內心外物，不限身觀，有感物以造端，是取景赴心也；有憑心而設想，是因心造景也。此乃比興之所由作，顯隱之所由分，寫景構象之所由別，而「無識之物」，必以「有心之器」為之權衡者，又思理所行之所以為妙也。是則文主乎心，無心即無文矣。倘有兩儀而無三才，則天巧物情，其誰主之？然心有清明，亦有窒塞，修養之方，厥為虛靜；虛靜者，老子之所謂「守靜致虛」，「三十輻，共一轂，當其無，有車之用」。莊子所謂「惟道集虛」，諸葛武侯所謂「寧靜致遠」。蓋虛以納物，靜以照物，虛靜之致，心乃空瑩，惟其虛，故能制實，惟其靜，故能致遠，惟其無，故能宰有也。吾人執是義以馭萬理，則人類智慧學術，皆從此出，非徒文學之源泉而已。故曰：「疏瀹五臟，澡雪精神」，又曰：「秉心養術，無務苦慮，含章司契，不必勞情。」〈物色篇〉亦云：「物有恒姿，而思無定檢，或率爾造極，或精思愈疏。」足知文章妙造，固可刻鏤於無形之中，非必俟規矩法則而後工也。宜參合〈原道〉、〈神思〉、〈養氣〉、〈物色〉諸篇理解之。

【二】衛氣

（見〈養氣〉、〈神思〉二篇。）

〈養氣篇〉云：「夫耳目心鼻，生之役也，心慮言辭，神之用也。率志委知，則理融而情暢，鑽礪過分，則神疲而氣衰，此性情之數也。」

又云：「故淳言以比澆辭，文質懸乎千載，率志以方竭情，勞逸差於萬里，古人所以餘裕，後進所以莫遑也。」

又云：「故宜從容率情，優柔適會，若銷鑠精膽，蹙迫和氣，秉牘以驅齡，灑翰以伐性，豈聖賢之庶心，會文之直理哉！」

作者按：彥和既探虛、靜二義，以為文術修養之要術矣。此之謂衛氣云者，見於〈養氣〉之篇。蓋示人以愛精自衛，全神養氣之術，備申虛靜未竟之旨，其與〈風骨篇〉所謂氣者不同，〈神思〉虛靜之論，既曰「樞機方通，則物無隱貌，關鍵將塞，則神有遯心。」又曰：「秉心養術，無務苦慮，含章司契，不必勞情。」〈養氣篇〉亦曰：「從容率情，優柔適會。」率志委和，率情適會，二篇之旨，適相互發明，而修養文術，祇宜於虛靜逍遙，率志委和中求之。是又不然，彥和於〈神思〉之篇，再標博練之論，於〈養氣〉之篇，又有「學業在勤，功庸弗怠」之言。可知形而上之養，與形而下之功，固未偏廢，而〈體性〉之篇，蓋嘗申其論矣。黃先生引〈學記〉曰：「君子之於學也，藏焉，修焉，習焉，遊焉。」註云：「藏謂懷抱之，修、習也，息謂作勞休止之謂息，遊謂閒暇之謂遊。」是則息遊固弗可缺，若謂息遊即可為竟學全功，尤為大惑。黃先生論曰：「恒人或用養氣之說，盡日遊宕，無所用心，其於文章之術，未嘗研練，甘苦急徐，未嘗親驗，苟以氣為言，雖使頤神胎息，至於百齡，一旦臨篇，還成岨峿。彥和養氣之說，正爲刻厲之士言，不爲逸遊者立論也。」由是論之，衛氣養術之道，既因人而為用，文思利鈍，又難于自我操持，意者彥和精湛佛理，自有其冥會獨得之微，非可以喻常情，語中人耳。必也率志委和，在勤弗怠，然後能貫穿百氏，照納萬物，巨鼎細珠，皆為我有矣。參〈神思〉、〈養氣〉二篇及〈文賦〉讀之。二篇贊語，尤宜精讀。

【三】率情

（見〈養氣〉、〈物色〉、〈情采〉等篇。）

〈神思篇〉云：「夫神思萬運，萬塗競萌，規矩虛位，刻鏤無形，登山則情滿於山，觀海則意溢於海，我才之多少，方與風雲而並驅矣。……是以意受於思，言受於意，密則無際，疏則千里；或理在方斗，而求之域表，或義在咫尺，而思隔山河，是以秉心養術，無務苦慮，含章司契，不必勞情也。」〈養氣篇〉云：「且夫思有利鈍，時有通塞，沐則人覆，且或反常，神之方昏，再三愈黷，是以吐納文藝，務在節宣，清和其心，調暢其氣，煩而即捨，勿使壅滯。意得則舒懷以待命，理伏則投筆以卷懷，逍遙以針勞，談笑以藥倦，常弄閑於才鋒，賈餘於文勇；使刃發於新，腠理無滯，雖非胎息之萬術，斯亦衛氣之一方也。」

作者按：彥和文主率情之論，蓋緣虛靜衛氣之理而來，虛靜者，衛氣之因，率情者，衛氣之果也。夫情思利鈍，時會通塞，張弛疏密，至無憑準，其來也不可遏，其去也不可止，或竭情而多悔，或率意而寡尤，雖茲物之在我，非余力之所戮

❶，「六情底滯，志往神習，兀若枯木，豁若涸流。」「理翳翳而愈伏，思乙乙其若抽。❷」可知情之通窒，雖上才亦難操縱，惟有虛心靜氣，與時節宣，從容率情，優遊適會。庶幾應物不盈，燭照不竭，如太空之廣納，明鏡之屢鑑者也。東坡蘇氏云：「惟江上之清風，與山間之明月，耳聽之則爲聲，目遇之則爲色，取之不盡，用之不竭。」以視含筆腐毫，輟翰驚夢，二句三年，一吟雙淚者，寧非率志竭情，意得理伏之大較也哉！合〈神思〉、〈養氣〉、〈情采〉、〈物色〉讀之。

【四】融理

（見〈通變〉、〈情采〉二篇。）

〈通變篇〉云：「是以規律文統，宣宏大體，先博覽以精閱，總綱紀而攝契，然後拓衢路，置關鍵，長轡遠馭，從容按節，憑情以會通，負氣而適變，采如宛虹之奮鬐❸，光若長離之振翼❹，迺穎脫之文矣。若乃齷齪於偏解❺，矜激乎一致❻，此庭間之迴驟，豈萬里之逸步哉！」〈情采篇〉云：「夫鉛黛所以飾容，而盼倩生於淑姿，文采所以飾言，而辯麗本於情性。故情者文之經，辭者理之緯，經正而後緯成，理定而後辭暢，此立文之本源也。」又云：「夫能設模以位理，擬地以置心，心定而後結音，理正而後摛藻，使文不滅質，博不溺心，正采耀乎朱藍，間色屏於青紫，乃可謂雕琢其章，彬彬君子矣。」

作者按：孔子曰：「質勝文則野，文勝質則史，文質彬彬，然後君子。」野者，鄙直，史者，繁縟，彬彬者，文質相兼之貌也。夫文恃乎情辭，而質有待義理，文質相尚，情理相稱，華而有實，柔而有本，庶幾彬彬然君子焉。基乎彥和二準之論，情居首要而理次之，情貴暢而懼壅，理貴融而懼淤，情不暢則理不融，理不融則辭不達矣。然理之為用，介乎情辭之間，上以表情思，下以運辭采，胥貴乎融而後通也。黃先生曰：「綜觀南國之文，其文質相劑，情韻相兼者，蓋居泰半，而蕪辭濫體，足以召後來之謗議者，亦有三焉：一曰繁，二曰浮，三曰晦。繁者，多徵事類，意在鋪張，浮者，緣文生情，不關實義，晦者，竄易故訓，文理迂回；此雖篤好文采者不能為諱，愛而知惡，理固宜爾也。」又曰：「蓋聞修辭立誠，大易之明訓，無文不遠，古志之嘉謀。稱情立言，因理舒藻，亦庶幾彬彬君子，孰謂中庸不可能哉！」審是，黃先生所謂三弊云者，皆緣文不符質，情不稱理，必也「稱情立言，因理舒藻」，則「文不滅質，博不溺心」，何則？音緣情生，藻由理

---

❶戮音穋。
❷翳翳、暗藏之貌。乙乙、難出之貌。
❸髻、脊也。讀若耆。
❹長庚鳥也。
❺齷齪，急促繁苛之貌。
❻致，至也。

定也。攝辭之要，豈外是哉！

【五】積學

(見〈事類篇〉。)

〈事類篇〉云：「夫薑桂同地，辛在本性❼，文章由學，能在天資，才自內發，學以外成，有學飽而才餒，有才富而學貧，學貧者，迍邅於事義，才餒者，劬勞於情辭，此內外之殊分也。是以屬意立文，心與筆謀，才爲盟主，學爲輔佐，主佐合德，文采必霸，才學褊狹，雖美少功。夫以子雲之才，而自奏不學，及觀石室，乃成鴻采，表裏相資，古今一也。……夫經典沈深，載籍浩瀚，實群言之奧區，而才思之神皐也❽。揚班以下，莫不取資，任力耕縟，縱意漁獵，操刀能割，必裂膏腴，是以將贍才力，務在博見，狐腋非一皮能温，雞蹠❾必數十❿而飽矣。是以綜學在博，取事貴約，校練務精，捃摭須覈⓫，衆美輻輳，表裏發揮。」

作者按：文章所以標舉興會，攄發性情，彥和三準之論，以情為主，故情而造文者，詩人之什，文而生情者，辭人之賦。然才情本乎天資，事義有關學養，情見乎辭，胥賴積學，蓋天資有定，積學不可量也。是以〈神思〉之篇，首標積學儲寶，酌理富才，研閱窮照，馴致繹辭之論；〈體性〉之篇，又見才有庸俊，亦有剛柔，學有淺深，習有雅鄭之言。〈事類篇〉更復重申前意，反覆詳說，其於情性陶染之功，表裏相資之理，所謂眾美輻輳，主佐合德，蓋相得愈彰矣。倘或積學無多，酌理不當，雖有才情，亦難成器。學者於博、約、精、覈四字，當奉為圭臬焉。

❼蓋桂因地而生，不因地而辛，此言先天兼受之性，與後天培植之功。
❽謂界局也。
❾《說文》：「楚人謂跳爲蹠。」高誘注《淮南子》曰：「雞踵也。」
❿千當作十。
⓫原摭作理誤。

文藝批評第七

【一】崇替

（見〈通變〉、〈時序〉二篇。）

〈通變篇〉既云：「是以九代歌詠，志合文則，黃歌斷竹，質之至也，唐歌在昔❶，則廣於黃氏，虞歌卿雲，則文於唐時；夏歌雕牆，縟於虞代，商周篇什，麗於夏年；至於序志、述時，其揆一也，暨楚之騷文，矩式周人，漢之賦頌，影寫楚世，魏之篇制，顧慕漢風，晉之辭章，瞻望魏采，確而論之，則黃唐淳而質，虞夏質而辨，商周麗而雅，楚漢侈而豔，魏晉淺而綺，宋初訛而新。從質及訛，彌近彌澹❷，何則？競今疏古，風味氣衰也。」

〈時序篇〉云：「時運交移，質文代變，古今情理，如可言乎！……故知文變

❶昔疑爲惜。
❷澹作淡。

染乎世情，興廢繫乎時序，原始以要終，雖百世可知也。」❸贊曰：「蔚映十代，辭采九變，樞中所動，環流無倦，質文沿時，崇替在選，終古雖遠，曠焉❹如面。」

作者按：通變自黃帝迄於劉宋，歷朝九代，文風六變，時序自陶唐以至蕭齊，歷時十朝，文風九變，前者僅舉其特徵，後者則各加評騭，惟於宋齊，作家尚存，輒存而弗論，故列代十而衡文九也。所謂崇替云者，蓋依歷朝世運之興替，以論文風之消長，數代則從歷史劃分，論變則因文風區別，就時代環境之遷移，以觀文學風尚之變化，其中綱舉目張，固已足為後世文學史家之經緯，故曰：原始要終，雖百世可知也。

【二】褒貶

（見〈體性〉、〈才略〉二篇，參閱〈通變〉、〈時序〉二篇。）

〈體性篇〉既云：「若夫八體屢遷，功以學成，才力居中，肇自血氣，氣以實志，志以定言，吐納英華，莫非性情，是以賈生俊發，故文潔而體清；長卿傲誕，故理侈而辭溢；子雲沈寂，故志隱而味深；子政簡易，故趣昭而事博；孟堅雅懿，故才密而思靡；平子淹通，故慮周而藻密；仲宣躁銳，故穎出而才果；公幹氣褊，故言壯而情駭；嗣宗俶儻，故響逸而調遠；叔夜俊俠，故興高而采烈；安仁輕敏，故鋒發而運流；士衡矜重，故情繁而辭隱；觸類以推，表裏必符，豈非自然之恆資，才氣之大略哉？」

〈才略篇〉開始曰：「九代之文，富矣盛矣，其辭令華采，可略而詳也。」

結論則曰：「觀夫後漢才林，可參西京，晉世文苑，足儷鄴都，然而魏時話言❺，必以元封爲稱首，宋來美談，亦以建安爲口實，何也？豈非崇文之盛世，招才之嘉會哉！嗟乎，此古人所以貴乎時也。」

作者按：通變有六變之論，時序有九變之說，蓋崇替於時代之異，以觀文風演變之同，乃就世衡文，證明文貴乎時；時代有異，遷變必同，蓋從異以求同也。〈體性〉既擷取三朝名家，就其秉性之異，以證表裏必符。〈才略〉雖標九代，實則七世❻，末論文風相循，止於四變而已，可知才略雖同，因性而異，取法雖同，因人而異，此蓋就人以衡文，從同以求異也。故一篇之中，或分或合，或比或附，

❸文長不錄，參閱本篇。
❹曠當作曖，曖如見其人也。
❺話、善言也。《說文》引《春秋傳》曰：「告之話言。」
❻春秋戰國同爲周朝。

或論其性情，或考其學術，或評其才識，或賞其辭采，因人衡文，隨時論事，於九世人才之褒貶異同，盡在其中矣。輔〈體性〉、〈通變〉、〈時序〉、〈才略〉諸篇讀之，足為後世評論家之準則。

【三】怊悵

（見〈知音篇〉。）

〈知音篇〉云：「夫麟鳳與麏雉懸絶，珠玉與礫石超殊，白日垂其照，青眸寫其形，然魯臣以麟爲麏，楚人以雉爲鳳，魏氏以夜光爲怪石，宋客以燕礫爲石珠。形器易徵，謬乃若是，文情難鑒，誰曰易分。夫篇章雜沓，質文交加，知多偏好，人莫圓該，慷慨者逆聲而擊節，醖籍者見密而高蹈，浮慧者觀綺而躍心，愛奇者聞詭而驚聽，會己則嗟諷，異我則沮棄，各執一隅之解，欲擬萬端之變，所謂東向而望，不見西牆者也。❼……夫綴文者情動而辭發，觀文者披文以入情，沿波討源，雖幽必顯。世遠莫見其面，覘文輒見其心，豈成文之足深，患識照之自淺耳。」

作者按：音實難知，知實難逢，知音非難，深識為難，此彥和所以惆悵於知音，而歎為千載其一也。夫文章之為用，實經典之枝條，窮則獨善以垂文，達則奉時以騁績。故能經緯區宇，彌綸彝憲，厥功偉矣。是知聖賢述造，騷人製作，或見性情，或傳學術，靡不自託文章以見於世。然而歲時渺邈，聲華湮滅，其於發揮彪炳之功，胥有賴於深識圓賅之士，所謂默會聖心，神交古人者，雖然時地之限，抑亦知音之所以歎其難也。蓋人才學有高卑，器識有廣隘，文士相輕，古所難免；故閱文之情，恆存三弊：一曰：鑒照洞明而貴古賤今者；二曰：才實鴻懿而崇己抑人者；三曰：學不逮文而信偽述真者；若夫氣褊學疏，見固識狹，而猶執一擬萬，以曲解狂嗤，是則閱文之賊，東向望西，其失以至於大失而已。然則如之何？曰：明銓序彌綸之理，執六觀以馭萬殊，則雖幽必顯，雖奧必明；形無不分，理無不達矣。夫如是，斯可以言賞鑑批評矣。

【四】耿介

（見〈程器篇〉。）

〈程器篇〉云：「略觀文士之疵，相如竊妻而受金，揚雄嗜酒而少算，敬通❽之不循廉隅，杜篤之請求無厭，班固諂竇以作威，馬融黨梁而黷貨，文舉傲誕以速誅，正平狂憨以致戮，仲宣輕脆以躁競，孔璋惚恫以麤疏，丁儀貪婪以乞貨，路粹

❼此一段已在二理六觀下引用。
❽馮衍字敬通。

鋪啜而無恥❾，潘岳詭禱於愍懷，陸機傾仄❿於賈郭⓫，傅玄剛隘而詈臺，孫楚狠愎⓬而訟府，諸有此類，並文士之瑕累。……若夫屈賈之忠貞，鄒枚⓭之機覺，黃香之淳孝，徐幹之沈默，豈曰文士必有玷歟？蓋人稟五材，修短殊用，自非上哲，難以求備。然將相以位隆特達，文士以職卑多誚，此江河所以騰涌，清流所以寸折者也。」

作者按：文以行立，行以文傳，此理之固然也。言為心聲，文為心畫，亦理之當然也。故君子言則成文，動則成德，積行內滿而文辭外發，方不愧為文行兼具，表裏發揮之士，夫如是，而後能緯軍國，任棟樑，開物成務，達政匡時，窮則獨善以垂文，達則奉時以騁績，素蓄弸中，而散采彪外者，蓋大丈夫之所以為文也。然而自來文士，固有文行並重，表裏相稱者，則屈原、賈誼、陶淵明之類是也；亦有器行不立，華而無實，即楊、馬、潘岳且未能免，況其次焉者乎！若夫身躋顯要，位重軍國，而不能建業樹聲，經邦濟世，但鶩文采以邀時譽，此不之責，抑遑論邀寵干祿之士哉！至如內行不修，清高自命，形在江海，心存魏闕，以尋章摘句為能，以嘲風弄月為事，猶復沾沾自喜，肆於人上，以一二字惑淺驚愚，而曰我名士也，此誠倡優之不若。嗚呼！斯文之喪，禍至陸沈，使彥和九泉有作，豈徒發憤激昂，耿介於程器也耶？其精語有云：「君子藏器，待時而動。」「楩柟⓮其實，豫章其幹。」「豈無華身，亦有光國。」吾人熟審茲義，而後知士先器識而後文藝之語；文須有益於天下之言。士不立品，必無文章，惟真名士是大英雄，惟大英雄乃真名士，進而為諸葛亮，退而為陶淵明，出師二表與歸去一辭，寧非異地同工，獨善奉時之明驗也夫。

❾未詳其事。
❿仄，側也。
⓫郭彰，賈后外戚，世稱賈郭。
⓬狠宜作佷，同很，戾也。
⓭鄒陽與枚乘。
⓮楩柟讀若便楠。

明指發凡第八

長懷

（見〈序志篇〉，請參按語。）

〈序志篇〉云：「夫文之心者，言爲文之用心也。昔涓子琴心，王孫巧心，心哉美矣，故用之焉。古來文章，以雕縟成體，豈取騶奭之群言雕龍也？夫宇宙綿邈，黎獻紛雜，拔萃出類，智術而已。歲月飄忽，性靈不居，騰聲飛實，制作而已。夫人肖貌天地，稟性五才❶，擬耳目於日月，方聲氣乎風雷，其超出萬物，亦以靈矣。形同草木之脆，名踰金石之堅，是以居子處世，樹德建言，豈好辯哉，不得已也。」

「蓋文心之作也，本乎道，師乎聖，體乎經，酌乎緯，變乎騷，文之樞紐，亦

❶才、一作行。

云極矣。若乃論文敍筆，則囿別區分，原始以表末，釋名以彰義，選文以定篇，敷程以舉統，上篇以上，綱領明矣。至於剖情析采，籠圈條貫，摛神性，圖風勢，苞會通，閱聲字，崇替於〈時序〉，褒貶於〈才略〉，怊悵於〈知音〉，耿介於〈程器〉，長懷〈序志〉，以馭群篇，下篇以下，毛目顯矣。位理之名，彰乎大《易》之數，其爲文用，四十九篇而已。」

作者按：詞人屬文，其體非一，謹甘辛殊味，丹素異情，後來祖述，識昧圓通，家有詆訶，人相掎摭，故劉勰文心生焉。旨哉劉子玄之言，夫論文莫善夫《雕龍》，評史莫優於《史通》，文史千秋，二劉彪炳，故知彥和者，殆莫如子玄也。觀其感夢著書，稱仲尼，述馬、鄭，君臣炳煥，軍國昭明，文章之用亦大矣。然形同草木之脆，名踰金石之堅，君子處世，樹德立言，蓋栖栖惶惶如此，而著書旨趣之高，固非蟲篆琱琢之纖纖者可比。至乃慨齊、梁文風之訛濫，疾魏、晉玄理之詭僻。文人好奇，莫知體要，雖云文成雕縟，而惡乎離本亂真，遂乃超脫恆蹊，別啟戶牖，部份體性，意貫始終，操四綱以論文敍筆，立三準以剖情析采，上明綱領，下題毛目，印證迴環，但絜一領，上下體例雖殊，而理則系統無紊。其體例之嚴密如此，若夫詮序彌綸之論，同異品列之觀，無不分理折衷，務該全體，所謂按轡環絡，雍容矩矱者，其識度之宏達又如此。故〈序志〉一篇，所以總攝全書，長懷寄遠，而歸本於羽翼經典，辨章學術，此為學者所當默契冥通，未可以等閒藝林長才視之耳。

研讀詮次第九

明旨——〈序志〉。
索源——上篇〈原道〉至〈正緯〉。
敷理——下篇〈神思〉至〈隱秀〉。
取證——上篇〈辨騷〉至〈書記〉。
會賞——下篇〈指瑕〉至〈物色〉。
棖觸——下篇〈才略〉至〈程器〉。

篇章繹釋第十

【一】題解

（以下四節按語，因有五十種之多，前於目錄上已說明暫闕，祈諒。）

【二】分段

《文心雕龍》五十篇讀後，竊不揣固陋，於每篇之前，綜拾大義，徵採眾說，約為數語，以概全篇，名之曰題解，意在申明命題意義，以為讀者之一助。

《文心雕龍》體大思精，始終條貫，然其文章靡密，詞旨隱奧，而專篇體例，義或重出，蓋所以申前意也。故余於每篇題解之外，復加分段繹釋，庶幾有裨於讀者。

【三】勘論

各篇衍字佚文，及紕繆脱訛之處，除恪遵黃先生《札記》所訂正者外，并斟酌於黃叔琳校本，及鈴木虎雄校勘記，而開明編者，本宋刊《太平御覽》所引《文心雕龍》文字，補苴前說，亦有足多，茲并參考，各取其長。

【四】義訓

各篇章句、訓詁，採用《文心雕龍注》，兼參黃先生《札記》。

後言第十一❶

本書之作，乃為開授《文心雕龍》，便於講述之用，故以原書為經，本文為緯，徵集眾說，別抒心裁，依原定綱準，畫出全書之間架與郛郭，以提供研讀《文心雕龍》之方法與蹊徑，蓋一年課堂時間有限，篇章玩索綦難，苟不能提絜綱維，則未免任情取捨，此為紕繆，有甚諸方，茲編雖云覆瓿，倘亦塵山落海之裨也耶？劉彥和書，體大思精，圓通該博，此千古藝林秘寶，豈容貿貿可幾！深冀諸君於聽受之中，潛參綱領，研習之會，熟練本文，久之必默契心通，豁然貫通，而有所得矣。馨弱冠負笈京師，受此書於蘄春黃先生之門，初讀略省章句，再誦初識義理，三復過之，積以歲月，始漸明全書體系，其脈絡貫通之處，依綱循準，實符理則。直可謂玉振金聲，始終條理者也。倘能本此心法，尋繹其篇章，印證其思理，庶幾事半而功倍焉。馨賦受至愚，心嚮往而力不逮也。諸君姑本此意，先依研讀詮次，

❶全書綱維，言其作意。

選誦若干篇，其次第為〈序志〉一篇，〈原道〉、〈徵聖〉、〈宗經〉三篇，〈神思〉、〈體性〉、〈風骨〉、〈通變〉、〈定勢〉五篇。〈辨騷〉、〈史傳〉二篇，〈總術〉一篇。至如〈鎔裁〉、〈附會〉之總文理，〈才略〉、〈知音〉之言評騭，亦宜加涉獵，并詳余所製各篇題解分段詮釋之文，以為他日精研全書之助，此具體而微之大較也。若夫但憑講論，略識郛郭，配如涉川，罔有攸濟，直爾依違，徒興浩歎耳。

中華民國八十七年孟秋之月華仲麐拜識

跋

沈秋雄

余之得事仲謇師，始於民國五十九年，時仲謇師於國立臺灣師範大學國文研究所為諸生講授「中國文學理論研究」課程，而余是時方考入碩士班就讀，因得廁身末席，飫聞餘論。仲謇師授課之內容，頗側重劉彥和《文心雕龍》一書，以為是書詳究文體之源流而品評其工拙，其體系之完密，議論之精卓，在此之前固無有，在此之後亦罕有其匹，實曠代之鉅著，中國文學理論之淵藪也。是書以駢儷成文，學者或苦於文字障礙，仲謇師於課堂中為諸生提要鉤玄，指示門徑，諸生循是研覽，莫不豁然以解。獨惜受限於課程及時間，未能盡發其祕，故諸生所得，較諸仲謇師胸中所有者實不及百之一二，諸生莫不以為恨。仲謇師之啟迪諸生者非一端，猶憶爾時仲謇師每遇須板書資料時，往往命余代書，余時於課餘偶臨習北碑張黑女墓誌，仲謇師見余之板書，謂其體勢近趙撝叔，勉余多讀前賢真跡，並主動為余向師之摯友詩人周棄子先生求得墨寶一幅，棄子先生時有覆仲謇師書云：「憲臺鈞鑒：新春辱蒙紆尊下顧，榮感無量，因胃痛時發，尚未趨叩崇階，尤增咎戾，但有惶恐。奉諭為沈秋雄先生寫字，謹勉遵辦。惡札可憎，深忝憲獎。伏祈察矜其不能，卑職無任戰戰兢兢之至。專肅，恭請憲安。卑職藩謹稟。」老輩風範，令人欽挹無盡。余曩歲有詩二章懷仲饗師云：「物論滔滔不可支，滿城風雨想吾師。年來俗惡傷心目，賴有黃花振晚奇。」「體勢悲盦愧見許，鍾劉元白發幽光。交親何范風流遠，接得詩人一紙藏。」蓋記實也。歲月易徂，爾時課堂親炙之情狀距今忽忽便將三十年矣。

仲饗師自考試委員任上榮退後，不久即移居北美，此後謁見請益之機會寖以稀少，今年三月，仲饗師返臺小住，及門弟子吳元熙兄設宴為先生壽，同門多人應邀作陪，余亦與焉。師年逾九十，雖為宿疾所苦，而清明在躬，志氣如神，席間咳唾，不啻春風之重沐。其後自伯元師處轉來一稿，書名《文心雕龍要義申說》，蓋即往年仲饗師在各大學講授《文心雕龍》之講義也。全書釐為〈撰人生平第一〉、〈著作時代第二〉、〈劉彥和簡譜第三〉、〈全書綱領第四〉、〈論文敍筆第五〉、〈剖情析采第六〉、〈文理徵實第七〉、〈文術修養第八〉、〈文藝批評第九〉、〈明指發凡第十〉、〈研讀詮次第十一〉、〈篇章繹釋第十二〉、〈後言第十三〉，凡十三章。自〈全書綱領第四〉至〈研讀詮次第十一〉，每章之下又各分若干節，每節皆摘取彥和書原文以標目，而以作者按語繫其後。其中獨發之祕甚多，如云：「彥和文主率情之論，蓋緣虛靜衛氣之理而來；虛靜者，衛氣之因，率情者，衛氣之果也。夫情思利鈍，時會通塞，張弛疏密，至無憑準，其來也不可遏，其去也不可止，或竭情而多悔，或率意而寡尤，雖茲物之在我，非余力之所戮。「六情底滯，志往神留，兀若枯木，豁若涸流」。「理翳翳而愈伏，思乙乙其若抽」，可見情之通窒，雖上材亦難操縱，惟有虛心靜氣，與時節宣，從容率情，優遊適會，庶幾應物不盈，燭照不竭，如太空之廣納，明鏡之屢鑑者也。」（《文術修養第八》）又云：「文章之所以標舉興會，攄發性情，彥和三準之論，以情為主，故情而造文者，詩人之什，文而生情者，辭人之賦。然才情本乎天資，事義有關學養，情見乎辭，胥賴積學，蓋天資有定，而積學不可量也。是以神思之篇，首標積學儲寶，酌理富才，研閱窮照，馴致繹辭之論。體性之篇，又見才有庸儁，氣有剛柔，學有淺深，習有雅鄭之言。事類篇更復重申前意，反覆詳說，其於情性陶染之功，表裡相資之理，所謂眾美輻輳，主佐合德，蓋相得愈彰矣。倘或積學無多，酌理不當，雖有才情，亦難成器，學者於「博」、「約」、「精」、「覈」四字，當奉為圭臬焉。」（同上）皆洞鑒理窟，妙會玄恉。凡此之比，全書按語中隨在可見，仲譽師《文心雕龍》之學大略具於是，余研繹數過，所得多矣，曩日之憾亦因以稍稍釋去。仲譽師嘗自言於彥和之書用功綦深，五十篇皆有批註，以發明作者之用心，而五十篇因把玩既久，幾乎過半成誦。真積力久則入，宜其能融會貫通如此，至於文辭之淵懿雅健猶其餘事也。今仲譽師此書行將付梓，余知其必傳世不朽，沾溉後學者將無有既，忭喜之餘，忽不自知其鄙陋，爰敬綴數語於書尾，以為讀者告。

中華民國八十七年七月受業弟子沈秋雄謹跋

國家圖書館出版品預行編目資料

文心雕龍要義申說

／華仲麐著. --初版. --臺北市：
臺灣學生，1998(民87)
面； 公分

ISBN 957-15-0906-X (平裝)

1.文心雕龍 - 評論

820　　87013037

文心雕龍要義申說

著作者：華仲麐
出版者：臺灣學生書局
發行人：孫善治
發行所：臺灣學生書局
臺北市和平東路一段一九八號
郵政劃撥帳號〇〇〇二四六六八號
電話：二三六三四一五六
傳眞：二三六三六三三四
本書局登記證字號：行政院新聞局局版北市業字第玖捌壹號
印刷所：宏輝彩色印刷公司
地址：中和市永和路三六三巷四二號
電話：二二二六八八五三
定價平裝新臺幣一〇〇元
西元一九九八年十月初版

82505

ISBN 957-15-0906-X (平裝)